青春悲懷

台灣愛滋戰場紀實戲劇

汪其楣　著

世界有事，心中有人
汪其楣談《青春悲懷》

Q1：請問這是妳第一本以愛滋為主題的書嗎？為什麼想寫這樣的書呢？

《青春悲懷》是第二本了。不過第一本《海洋心情》是散文集。二十幾年前，愛滋的話題很少公開討論，就寫下一篇一篇可以安靜閱讀的文字，來傳達感染者的心聲。

但由於近年來，醫療發展的日新月異，愛滋病已不是絕症，感染者可以正常存活，人們的觀念也在進步。就覺得可以用劇本來表達這個主題，無論是公開朗讀或是粉墨登場，大家聚在一起共同感受，設身處地的體會劇中的角色。

世界有事，心中有人。我樂意用我最熟悉的也最擅長的舞台劇形式，給我不想忘記的、或仍在承受壓力的故事主角們，一個說出心語的完整舞台。

一齣戲，歡迎大家來搬演

Q2：那劇本寫好了，是否準備親自導演，推出這個作品呢？

哈哈，跟以往自己製作又擔任編導大大不同，我並不是自己要導演《青春悲懷》，這個劇本就是為了交出來，給大家推廣而寫的！為學校的老師和學生、為民間社團，當然也為導演和演員發揮戲劇的長才而寫，所有人都可以把劇本的內涵，用自己的方式，搬演表現。

Q3：已經有人採用過這個劇本了嗎？

有，還不少呢。還沒正式出版前，就有文教或醫療單位舉辦的研習營，選取不同主題的戲段來演練，先分組互相觀摩，再發表對情境或人物的討論。後來也有高雄的「愛之希望」民間社團，在悉心排練後，演出了許多賺人熱淚的場景。

2016年劇本正式出版，玄奘大學影劇系同學就在導演課使用劇中段落呈現。接著，桃園大溪至善高中表藝科的師生，帶著幾段以校園為背景的戲，

到鄰近地區的國中國小去演出。讓我看到台下坐滿了國中生，和台上熱烈交流，用立體而活潑的方式，推廣性平、防疫和反毒等議題。還有嘉義的米克斯老屋劇場，用《青春悲懷》為創發藍本，舉辦了「紀實戲劇工作坊」及成果發表。

文化大學戲劇系也將在2018年6月初推出全本《青春悲懷》的公演，同學們很用功，大力閱讀和參與活動，讓角色更飽滿，真是令人期待。

Q4：這個劇本有好幾個不同的主題，穿插交錯演出，也運用到舞蹈和默劇的形式，為什麼呢？

舞蹈或默劇演出的「藥・命」一共有七段，其實是把愛滋這三十年來用藥、醫治的歷史，以視覺性比較強的表演，穿插在其他以「聆聽」為主的對話戲段之間。

從沒有可治癒的藥，到漸漸有實驗性成效的藥品，到「雞尾酒」複方醫藥的發明，到後來娛樂性的藥丸，和藥癮者造成的影響，用肢體動作來把這些重要的歷史現實，一段一段表演出來。

台灣愛滋前線，勝多於敗

Q_5：那麼「打電話的人」、「班上來了個轉學生」、「愛情，好難」、「被單，縫不完」這幾個不同主題都以人物對白來表現，算是台灣愛滋戰場的紀實「場景」嗎？

首先，先表明一點，「台灣愛滋戰場」這個副標，是正面的，我可以說我們的愛滋前線是勝多於敗。在醫療研究力求突破的二十一世紀的此時推出《青春悲懷》，除了對未來的期許，也回顧過往，更向參與及陪伴大家走過愛滋戰役的人們致敬。

「打電話的人」就是防治的第一線，匿名篩檢的推行，隱密而友善的環境，鼓勵人們面對自己的身體，也面對著疾病。雖然如此，打這個電話不容易，自己心中的各種疑慮和不安要如何克服呢？形式上，讀者或觀眾雖然沒見到接電話的工作人員，也想像得出電話線那一端可能說了什麼，應該有很多耐心、很多關心，和很多專業訊息。

Q6：劇中提到有一位十五歲的感染者，是不是愛滋感染年齡
層有下降的趨勢？

　　可以這麼說。疾管局的統計表上，十五到二十
四歲的感染者是逐漸增多，但由於醫療和觀念的進
步，近年來幼年孩童的感染人數常掛零，垂直感染
也幾乎不復存在了。不過我還是想以小學和中學的
背景，寫出年輕孩子所遭遇到的故事，來提醒大家
注意和關切。

Q7：妳最大用意是為了走進青少年的世界嗎？

　　　　沒錯，我用三段「班上來了個轉學生」場景，
走進他們的世界。「小學」這段，其實是二十幾年
前的新聞故事，反映感染HIV的阿仔周遭，各種無
知可笑的舉止。但也還是有小寶這樣的小學生，他
保有理性，覺得應該為別人發聲，應該平等相待。
　　　　到了「中學生」這段，裡面有我們更熟悉的角
色，無論是用功讀書的孩子，或是放棄讀書的孩
子，或是參加轟趴的孩子。他們有各自的承擔，無
論是家庭或課業，還有我們都經驗過的，少年的青
澀苦悶，和父母、師長、社會都必須面對的：青少
年的「性」。

Q8：劇中也出現坐輪椅的人、打手語的學生，是有特殊用意
　　嗎？

　　　　坐輪椅的人，或聾校學生，代表常常被忽略的
身心障礙者。閱讀或演出的時候，可能會令人訝
異。但為什麼要訝異呢？其實他們和我一樣，有
愛，也想去愛。他們不該被忽略。同樣的，性教
育，或是防疫教育，也都不該跳過他們。

　　　　我寫「特殊學校」場景的時候，也考慮過是盲
校還是聾校？由於我多年來編導聾劇團的演出，對
手語演出的舞台效果很熟悉，我還是決定把背景放
在「啟聰學校」，讓一位實習老師來參與感染學生
的人生。師生用紙筆、用手語加口語坦率交談，簡
短而誠實地流露心跡，我們實在不能不關注迎面而
來的新一代。

　　　　演出的劇組，在排練之初，都會特地安排手語
專家給全體演員上課，增進大家的視覺表演技巧之
外，也掌握聾人與一般聽人之間的溝通習慣和亮
點。

一起抵抗病毒，一起抵抗歧視

Q9：《青春悲懷》中還有一個特別的戲段「被單，縫不完」，看到後來才知道裡面有幾個人物是角色的靈魂回到人間，是嗎？

是的，寫到想念的人，就可以讓他出現，和生前的朋友「同台」演出，這可以說是寫劇本的好處。

被單，又稱百衲被，就是quilt。1985年由美國愛滋關懷運動發起，讓親人為逝去的感染者縫製紀念被單，在世界各地影響深遠，九〇年代中期也開始在台灣舉辦類似紀念活動。

這段戲也是回顧了早期感染者的處境困難，以及彼此間的相濡以沫。本世紀醫藥不斷研發進步，只要「定期追蹤」、「按時服藥」，病情就控制得很好，甚至也會檢測不到病毒。但二三十年前，會是求醫無門、求藥不得的情況，就有不少感染者不幸早夭，生理、心理上也吃了不少苦頭。

當台灣的醫療和社會已經平穩向前，更不該忘記過去這些人受苦的生命。反過來想，感染者身

受的創痛病苦，不也就是促進醫藥和進步的力量？在親人和朋友的心中，也不願就把他們遺忘了。我寫下染病三十年還活著的艾凡，縫著自己的紀念被單，想念當年一起抵抗病毒、一起抵抗歧視的朋友：樂團指揮簡陶、江湖少女小菊、和擅長扮裝表演的潘潘等。

Q10：劇中小菊是年輕的女孩，女性感染者似乎很少？

女性感染者雖然很少，但她們的處境更困難，更需要支援和了解。「被單，縫不完」的小菊是被人們放在邊緣的女孩。她在劇中穿著孕婦裝的自在形象卻很突出。

「愛情，好難」中的阮氏阿香，在當前醫藥正常的環境下，她是一個充滿熱力的角色。我們在日常生活中，無論家庭或工廠，或小吃店、菜市場、南洋姐妹會、國小家長會這些地方，都常見到阿

香，也特別疼惜這樣一個離鄉背井的女子。她的戀人，渴望新生和回到正常生活的孟賓，因涉及毒品，讓他們的愛情與未來，顯得難上加難。

阿香和孟賓這對戀人的處境和情感，好像又平常又特別，他們的未來，就滋長在我們心中，也在整個台灣社會各方的努力中吧。

透過生命教育，走向宏寬未來

Q11： 《青春悲懷》劇本的語言平易近人，角色又如此鮮明，是「生命教育」很好的教材，妳同意嗎？

這次《青春悲懷》改版出版，就是希望能推廣到更多學校和社團。

同理共感之心是戲劇過程中自然而真實的反應。這個作品中有感染者角色，也有一般人的角色。這個戲是屬於生活在這裡的每一個人的，重點

不是疾病，而是人情與人性，也是台灣的社會真實，充滿了我們熟悉又在意的生命。

其實，《青春悲懷》不只是「生命教育」，也是「情感教育」。

人們必須互相聆聽彼此的故事，從而了解生活中不同的習題，比如性別、性向、階級、種族、身分、貧富、年齡等不同的經驗。從聆聽到了解，從漠視到認同，從衝突到超越。而透過戲劇，更可以從內心的共鳴到集體的感動，帶著我們走向一個更宏寬的未來。

目次————————————————————————

藥・命

I

一個戴著花色面具的人
虛弱搖晃而上
手中拿著一杯清水
另一隻手的手掌慢慢攤開
手掌是空的
面具人走過舞台　　全身疲憊
手掌張開往前延伸
再折回　　踱步繞圈
帶著輕微壓抑的咳嗽
下台前在台邊更為壓抑地猛咳一陣

（坐在書桌後查看電腦資訊的男子，開始講電話。從他單方面的獨白，觀眾可以理解跟對方談話的內容。）

喂，請問，我聽說你們這裡有不記名的——
對，我是想問那個「匿名篩檢」……
那……那是怎麼過去啊？
喔，要先預約哦？
沒有，我現在還沒有要預約，
我是想說——我是幫朋友問的啦……
嗯，你們是靠哪邊？
從中山路那邊路口進去嗎？
那是要到哪一科掛號？哦？不用掛號？
那是要去哪一科？嗯，嗯，
到了之後打電話，你再出來帶我？
呃，這個，是我朋友啦，我想先幫他問清楚怎
麼走，再過去會比較好。
嗯，大廳，往研磨咖啡那邊走，從旁邊的通道
去搭電梯，到六樓，看到什麼？復─健─部─
的指示牌，轉個彎，門外有掛竹簾，直接推門

進去，就可以了？

哦，你就在裡面。

會要等嗎？

我是說現場人會不會很多？

哦，預約就會跟別人錯開，了解了解。

現在要不要預約啊？我再考慮一下——我再跟我朋友轉告一下。

其他問題？呃……唔……那我再請教一下……那個……

去篩檢的話，如果遇到潛伏期是不是測不出來？

啊？不是叫潛伏期？

不是說，三個月——測不出來？

哦？哦，那叫空窗期，

感染之後有一段時間無法測到病毒，就是空窗期的意思。

那潛伏期是……？感染了還沒發病，才叫潛伏期。

嗯……可能長，可能短，哦，還可能潛伏好幾年……

那，空窗期到底有多久？

不一定？

哦，現在六個禮拜就可以檢測出來。

那，驗血驗不出來，不是就不準了嘛？

什麼？一至三個月可以再去測一次？

哦……才比較放心……

沒有沒有，我不算高危險群，基本的保護我還
是都了解的。

謝謝你……我再打電話，再幫朋友約。謝謝
喔。

（掛上電話，沉思一會兒）

（場景轉換。音樂，燈光。）

班上來了個轉學生

小學

（這是九〇年代中期發生的一個故事。

角色有小寶、劉強和阿仔等小學生，由小寶來敘述）

小寶　　　　　我們班上來了一個轉學生。他比我高一個頭，
　　　　　　　我還以為是六年級的，在走廊上，看到他在那
　　　　　　　裡站了好久，也不進教室。他的制服、書包都
　　　　　　　很新，很乾淨，人也很乾淨。大家都滿喜歡他
　　　　　　　的，不知道他會跟誰同座，結果，老師要他跟
　　　　　　　我坐，哈，不錯嘛！

　　　　　　　（阿仔走近小寶的課桌椅，安靜地整理東西，
　　　　　　　有時也看著小寶，他們之間也有互動。）

　　　　　　　他個子那麼高，講話很小聲、很客氣，上課也
　　　　　　　很少講話，作業每天都準時交，他還給我看，
　　　　　　　哇，你怎麼全部都會寫啊？他小聲跟我說，他
　　　　　　　以前學過。真的嗎？在哪裡？他就不說話了。
　　　　　　　你以前念什麼學校？他一直看著我，也不回
　　　　　　　答。

下課了，他一個人走，我想叫他一起去打球再回家，他都說不要。後來，我聽劉強他們很神祕地說，因為他是澎湖轉學來的；澎湖來的就不打球嗎？下次一定要拉他一起去。

（下課時間，同學劉強從另一邊上，手裡拿著零食一面吃，一面替同學加油。小寶拿球上，阿仔略顯不安地跟在旁邊。）

小寶　　　劉強，下來跟我們打球啊！

劉強　　　被球砸到好痛，我當啦啦隊。（看到阿仔在一邊，小聲地）他也要下去打嗎？

小寶　　　對啊。來啦！來打球啦！

（劉強把小寶拉到旁邊）

劉強　　　不要跟他一起打球。

小寶　　　幹嘛啦你？

劉強　　　不要就是不要。

小寶　　　你為什麼要這樣？

劉強	你以後就知道了，我答應了要保密。（馬上小聲的）他有絕症。
小寶	你說什麼鬼啦！
劉強	（壓低聲音，一個字一個字說，無奈還是口齒不清）他有「愛吃病」。
小寶	什麼「愛吃病」？（大笑）你才有愛吃病咧！你那麼肥！
劉強	總而言之，我告訴你，不能被他碰到。不要跟他打球了啦！你趕快回家，掰掰，我媽來接我了！

（劉強下）

（小寶轉向觀眾）

小寶	「不能跟莊阿仔打球」的事情傳開了，校長來跟我們班談話，叫大家不要對愛滋病產生恐懼。第二天，相安無事。到了第三天，有人開始請假不來…… 有一天放學，我跟劉強一起走……

（劉強與另個同學志良從一邊上，與小寶一起走）

劉強　　我媽說，阿仔應該轉學，不可以在這邊威脅我們，為了維護大家的權益，我媽說要跟張志良的媽媽、王彥碩的媽媽、還有林立民的媽媽一起跟學校抗議。

小寶　　為什麼？阿仔是好學生啊。

劉強　　你怎麼知道？有交作業就是好學生嗎？（威脅）你想得愛吃病嗎？你跟他坐在一起那麼久，搞不好已經被傳染了，非常可疑……哈哈哈！你倒楣囉！

小寶　　（擔心）真的嗎？

劉強　　（眨眼）我媽現在每天都會打電話給校長、打給保健室阿姨、打給訓育主任。張志良的媽媽、還有王媽媽、林媽媽都一起打，我媽說這叫做「一人一電、一天一通，救救下一代」。阿仔不轉學，我媽就會堅持下去，她還要打給教育局、教育部、還有打去總統府。

小寶　　為什麼要阿仔轉學？

劉強	因為愛吃病會傳染啊！
小寶	可是校長說不會傳染啊，跟SARS、跟H1N1、跟腸病毒都不一樣，阿仔也說我坐他旁邊不會傳染。
劉強	真的嗎？那阿仔自己怎麼被傳染的？
小寶	我也不知道……
劉強	所以阿仔說謊！
小寶	那怎麼辦？禮拜天阿仔還要來我家玩。
劉強	所以他最好趕快轉學，不然我們就轉學！
志良	啊——？我們學校是這邊最棒的小學耶！我把戶口遷到我姑丈的姐姐的房東家，才進得來耶，我又要轉走啊？

（劉強跟志良跑下，小寶轉頭看著阿仔，不知如何是好，兩人彷彿距離十分遙遠，
然後阿仔走到小寶面前，想拍他肩膀，但很明顯地把手收回來）

阿仔	你不用害怕，也不用轉學，我走就是了。
	這是我第三次轉學，第一次鬧得很大，沒有人

跟我同座位，我被隔離在教室最角落。下了課大家全部都跑出去，留我一個人坐在裡面，動也不敢動。中午吃便當，老師帶我一個人到會議室去吃。當然，不可能有像你這樣的同學，跟我借作業簿，還找我去打球。

我們縣長是一位醫師，他親自來跟家長開說明會，還請了台北的醫學院學生來做家庭訪問、辦工作坊。這些「說明會」和「工作坊」和「家庭訪問」做了一個多月，其實，全班二十五個同學，只有九個同學的家長反對我在同校同班就讀，但是，這個工作坊團隊撤回台灣之後，班上同學開始轉走，不到一個月，教室裡只剩下我，就是老師跟我。全澎湖都認識我了。

我們全家就搬去高雄，我改了名字，但還是被發現了，又轉來台北。

我上了三次五年級，唉，有夠奇怪是不是？下次我直接上國中，再改一個名字，我想這次一定不能讓人發現。我知道我的病不會傳染給同學，我一定要上學。

小寶	我……你……你不一定要走。我也知道不會被傳染。
	希望我們能上同一個國中、或是高中、或是大學……
	希望我以後……可以對付……像劉強、張志良、王彥碩、或林立民那樣的人。
阿仔	小寶同學，再見，再見。

（阿仔對他揮揮手，慢慢走下，小寶看看他的背影，再面向觀眾。）

（場景轉換。）

藥・命
II

一個戴著花色面具的人
拿著一杯清水慢慢走上
另一手拈著一粒藥丸　放進嘴裡
他仰起頭　喝水服送
接著　再從袋中找出一粒藥丸
送進嘴裡　喝水服送
如此反覆十次左右

被單，縫不完
呼喚簡陶

（艾凡拿著一個布包走上，到桌前打開方布，拿出了縫綴許多圖案的大被單，他稍加裝飾了一兩個地方，然後把被單掛在牆上。）

艾凡　　　　這是我的被單，自己縫的。

　　　　　　第一次看到在市府大樓展示愛滋被單，我就擔心下次展出，說不定掛在上面的被單，就有一個是為了紀念我的。

　　　　　　我低著頭走過那些被單，沒有勇氣仔細看花色和文字，我心咚咚的跳著，臉脹得緋紅，可我聞到被單上的味道，我聞到死亡的氣息，我肚子好痛，一直反胃，我只想跑到仁愛路去大叫，我覺得我馬上就要倒在地上死了。

　　　　　　第二年，又到了愛滋被單的展示和聚會，我還活著，我去了中正紀念堂的展場，我為某個特定的人而去的。是的，簡陶。我看到簡陶樂團的行政，那個高個子的女孩，一直在擦眼淚，我走過去拍拍她，她還跟我說對不起，她手工很爛，怕縫得不好看，只好把很多有樂譜圖案

的包包和圍巾剪下來，貼在不同的角落。

我覺得很好啊，我只好一直安慰她，看到簡陶英文名字的縮寫，繡得歪歪的，我還是說，他不會介意的吧。

我心裡很悲涼，沒想到你先走一步。我猜想，今年度過了，明年說不定就輪到我了吧。

我跟簡陶差不多時候感染，那年春天感冒住院了很久，他就在那時走了，更讓我極度的害怕。

再過一年，我還在。

再過一年，我還在。

我拿出一幅喜愛的厚棉布，開始想，我到底什麼時候會死？我來縫自己的被單吧。對了，那天回去我還做了一個夢，夢到簡陶，他在夢中對我抱怨：「我的被單好單調啊，那些小鬼怎麼沒想到，就算不敢把我的照片縫上去，就把音樂家的肖像多貼幾個上去啊。莫札特、舒曼、布拉姆斯、史特汶斯基，連貝多芬和華格納也放上去好了，我不嫌棄，這兩個音樂家看起來比較壯，你說嘛是不是比我們兩個壯？」

我竟然笑醒了，我以為夢到你會哭醒，沒想到這麼好笑。後來我懂了，我們不像老年人，我們不懂得死亡，我們都死得突然，死得慌張，死得沒有親人眷顧，也不會有愛滋被單記下我們的「名字」。

Yes, the NAMES Project 怎麼沒有name呢？喔，至少上面該有我們名字的一部分，或綽號也行。我們沒辦法事先準備，事先設計嗎？

開頭那幾年，每到年底我就想起把被單拿出來，縫一個圖案，或加一張相片上去。同時也驚覺怎麼時間過得這麼快，又一年過去了？不管發不發病，我又活過了一年。

後來我就忘了，二十七年過去了，我這個不死鳥，長命的感染者，我似乎淡忘了，我要為自己準備愛滋被單這回事。

但是今年不同，今年是你離開我們第二十年，今年，小菊也走了。

我突然非常的寂寞，因為最早認識的人都不在身邊。我能和誰說話？我突然有了強烈的慾望，想把你們的標誌都繡在我的被單上。我留

不住你們，我不是上帝，但我可以用我自己的
被單縫住你們，讓我想說話的時候，就有人談
心。

（艾凡拿出一瓶紅酒，拿出透明的高腳酒杯，
倒了大半杯，輕啜了一口，點起桌上的蠟燭，
幽幽地說）

艾凡　　　簡陶，我不該喝酒的，但想念你的時候可以喝
　　　　　一小杯。想念你們的時候，在溫暖的燭光下，
　　　　　感覺朋友的溫度。回來聽我說話，回來看看
　　　　　我。

（艾凡把酒杯拿起來，一口連一口的喝，手中
握著杯子，斜靠在椅背上，有一搭沒一搭的
輕輕唱起：If you miss the train I'm on, you will
know that I'm gone, you can hear the whistle blow
a hundred miles.）
（遠處口哨聲依稀可聞，艾凡一面拭淚，然後
面帶微笑）

艾凡	這是你的歌，阿陶，阿陶的歌。

（被單掀開，簡陶走出來，他頭上的裝飾彷彿就是另一個世界來的人）

簡陶	這不是我的歌。我的歌是這個：I've no doubt you dream about the things you'll never do. But I wish someone had talked to me like I wanna talk to you.
艾凡	對喔，哈哈。（接唱）I've been to paradise, but I've never been to me.
簡陶	其實你過得真不錯，為什麼心情不好？
艾凡	年頭不好。（沉重嘆氣）
簡陶	數字增加太快。
艾凡	數字增加太快了，以前一年才十幾、二十個。
簡陶	不要再以前以前的，顯得你老了，是老前輩。
艾凡	我們是啊，是老前輩。
簡陶	老前輩感染者對防疫有責任感。
艾凡	不是什麼責任感，是排斥感。我排斥這個數字

	一直上升，我排斥有人又要受傷害，我排斥又要家毀人亡。
簡陶	不要太激動，不要太激動，艾凡。今天幾號了？
艾凡	今天是2012年12月1日。
簡陶	年底了，唉，又是這一天。
艾凡	是的，今年快過完了，每年快過完的時候，就回頭看看這年的成果。我們今年的成果是新增了2738位感染者。
簡陶	年初的口號不是「零感染」、「零死亡」嗎？還有一個零……是什麼？
艾凡	這個零啊，嗯，等下再說。
艾凡	死亡已經十七人了，沒有零死亡，也沒有零感染。不但沒有減少感染，還增加得很快，一年將近三千多個感染者，其中80%是19到40歲的青壯人口，我再看看，本年度6到19歲新增33人。
簡陶	啊？有小學生？也有國中生？還有高中生？
艾凡	這份報告特別註明第兩萬四千七百七十號是一位十五歲的男孩。

簡陶	兩萬四千七百七十號……？已經兩萬四千七百七十人了，不是開玩笑的。你記不記得你的號碼？
艾凡	記得。你的我也記得。
簡陶	我58號，你怎麼記得我幾號？
艾凡	因為我是59號。可是我很多年之後才找到你。
簡陶	我記得的是，在嚴醫師的看診間，你聽到我的號碼就站起來，是號碼嗎？還是名字？他們不會叫我們名字吧？
艾凡	我聽過你的故事，你很有勇氣敢回去跟學校吵。我覺得書念得好的人就是不一樣，我才因此去重考五專，後來也因為你被成功嶺退訓的事情到處傳，我就休學了，怕馬上要去成功嶺也被退訓，也被登在報上怎麼辦？
簡陶	第一個登了，第二個不會登的。
艾凡	我怎麼知道，我怕他們一樣大驚小怪。
簡陶	不會的，他們是隔一陣子大驚小怪。
艾凡	他們總會找到事情把餿水噴到人身上。到現在都一樣。不過我現在比較不怕了。
簡陶	我知道。你常常到學校、到監獄去做分享，你

變得自信又會說話。

艾凡　　　沒有，比不上你。我覺得你才自信又勇敢。

簡陶　　　也許藝術界比較tolerant。算了，多久以前的事，別說我了，我已經死了，大家早就把我淡忘了。

艾凡　　　沒有淡忘這回事。我做什麼都想起你，小菊也是。跟小菊一起閒逛聊天，好像你還在，我們三個人還在一起。

簡陶　　　我在那邊還沒看到小菊。其實我們很難相遇。哈囉——呦呼——小菊，小菊（呼喊）黃菊秋小妹妹，黃菊秋小妹妹。（拿起蠟燭晃動著）

艾凡　　　（又給自己倒滿一杯酒）還小妹妹，她現在一頭白髮，還半禿，像老太太。

簡陶　　　黃菊秋小妹妹……她本來就是小妹妹嘛，認識她的時候她才十五歲，比我們小很多。好，那叫她黃菊秋小姐好了。

（艾凡拿起杯子示意問簡陶要不要喝，簡陶搖頭）

艾凡	她可能是我們那時候最年輕的感染者。未成年，每個人都說要保護未成年人，結果卻天天挖她的事情，知道她沒辦法為自己說話，也沒「有力人士」為她撐腰，就一直報導她。
簡陶	黃菊秋小姐……（拿起蠟燭唱兩句「往事不要再提，人生已多風雨……」，又唱一句「那會那會同款，情字這條路……」，然後決定唱「你是我的姊妹……」）
艾凡	哎唷，沒想到你這個指揮不會唱流行歌，你再唱下去她就不來了。
簡陶	她一定會來。
艾凡	好啊，沒錯，我們走到哪兒，她就跟到哪兒。
簡陶	她希望有一個家，我們給不了她，每天叫我們Gay哥哥，還說，Gay哥哥，不要緊啦，我們三個結婚好不好？
艾凡	我們自顧不暇了，唉，她只好跟騙她的人在一起。
簡陶	小菊可憐，她什麼時候走的？
艾凡	年初，今年過年很冷，她一個人，一個人死在房間裡，好幾天才被發現。

簡陶	那個男的呢？
艾凡	不知道還是不是我看過的那個，不重要了，反正沒有人照顧她。她生完小孩，子宮就切除了，後來，腎也少一個，沒有子宮沒有腎，她變得更屌了，還到處說她的心臟也早就沒有了。她不怕死，不怕發病。她不吃藥也不去檢查，什麼都不管了。
簡陶	唉，（長嘆沉思）她是我們之中唯一的女孩子，那麼小，那麼瘦，又那麼傻。她沒有家，親戚對她不在意，她把想跟她睡的人都當作家人。好可憐，染病了更可憐，別人對她壞更不需要理由了……
艾凡	來我們那裡，她就很聽話，她完全不會做事，家事一樣都不會，但就勉強擦地板、洗碗、刷鍋子，怕我們也嫌她不好。其實她做完我還要再做一遍，她真的什麼都不會……
簡陶	小菊其實心裡很倔強，她跟我們好，才不打不鬧……
艾凡	小菊會不會不願意讓我們看到她的樣子？
簡陶	不會。我們再喊她，她一定會來。黃菊秋小

姐，黃—菊—秋小姐……

（燈光晃動，漸暗）（音樂）

（場景轉換。）

講電話的人

之二

（講電話的人快速查看網頁，然後按下電話號碼。聽到鈴響，大大的深呼吸，開始說話：）

喂？「愛很大」協會嗎？

請問你們的匿名篩檢是怎樣的？

也是要先預約，

安排時段……一個人二至三個小時，

所以有錯開……不會碰到「其他人」就是了？

嗯。

那檢驗結果……？

要等一個禮拜啊？這麼久？

要送到醫院再等報告……

不是當場就可以知道結果嗎？

哦，二十分鐘知道結果那種要500元……

一週之後的也要200元啊？

別的地方不是都免費嗎？

嗯，嗯……因為你們沒有補助……別的地方有

公家補助才免費……嗯……

喔？你們沒有招牌？隱密性很高就對了，

哦，哦，有立案，只是外面刻意不掛「看板」

那種招牌……看不出來什麼機構，是的，了解

了。那你們資料都怎麼處理？也很保密？

啊，不用填資料，可以用代號或假名……（笑

了出來）

只要方便登記跟通知就好……

自己打電話到協會問結果也可以，

好，謝謝你……（本想掛電話，又繼續）

嗯，下個月的活動？免費的啊？

六合一檢驗，可以檢驗六種，

全程免費，匿名，

可是「揪團」是什麼意思？

會不會一堆人？

哦，就是檢測集中在同一天，但還是預約制，

每個人都會錯開……了解了解。

好……那個，我會再跟我朋友說，再看看。

謝謝。

（場景轉換。）

被單，縫不完

難忘小菊

（音樂大作，小菊拿著一隻仙女棒從被單後面上，艾凡與簡陶激動地攬肩並立看著她）

小菊　　　（看著被單上一簇簇的花，指了指）這是代表我嗎？Gay葛格。

艾凡　　　對，小菊秋，這些紅的、黃的、粉的花就代表妳。

（小菊手中耀眼的仙女棒燃盡，燈光正常。看到小菊身穿端莊大方的孕婦連衣裙，圓白翻領，臉頰紅潤健康。）

小菊　　　我被你們叫來了，我也想你們。

艾凡　　　妳怎麼還在懷孕啊？

小菊　　　我最喜歡我這個樣子。

艾凡　　　（對簡陶解釋）小金剛早就生下來了。

簡陶　　　我想也是，小金剛已經很大了吧？

小菊　　　他就要十六歲了，178公分高，去美國快十年了。

艾凡	我看過他的照片，他跟他的養父母還長得有點像。
小菊	他爹地是空軍，以前來過台灣，媽咪是高中老師。小金剛五歲的時候過去的，對方很疼他，老是誇他，說他很會照顧人，有禮貌，對同學很好，喜歡打球、畫畫，還數學第一。我搞糊塗了，他到底像誰？不像我呀，像你們兩個嗎？我看一點也不像。
簡陶	看到妳這麼開心，真好。
小菊	小金剛是我唯一的親人，我的骨肉，但我不願意他跟我長大，我不要他記得我，接到他媽咪寄來的信和照片，我從來不回。上帝啊，我想他想得要命，現在好了，他就住在我的肚子裡，住在我家，哈哈。
艾凡	結果，是我一個人在給小金剛美國的媽咪回信，我很感動，她也很疼妳，小菊，美國媽咪常常問我妳在哪裡，她想寄……寄點錢給妳。
小菊	我知道她是個大好人。她來接小金剛的時候，我嚇得要死，每天不敢做壞事，連抽根菸都馬上漱口，希望給她好印象。

簡陶	真不容易，小菊秋終於也有清醒的時候。
小菊	我很清醒啊，我一直很清醒，你討厭啦！
艾凡	看到小菊的生活，我知道我們有多難。
簡陶	不要清醒比較好。
小菊	清醒不清醒也很難決定，我的天。
艾凡	美國媽咪最愛跟我誇妳了，說妳很乖。
小菊	她也當面說給我聽啊，她幹嘛這樣？她抱著我，說：You are a good girl...我討厭她這樣說，我Bad，我Bad，我壞得很。我一直等等等，等到她上飛機那天，我告訴她：「我壞得很！」真的，我跟她這樣說，旁邊的人不肯翻譯，但她好像聽懂了。她就掉眼淚。唉呀，怎麼那麼討厭嘛。我決定，我以後不要跟她來往。不是不是不是，我不是討厭她，我是受不了自己。你們懂嗎？我的小金剛太好了。
簡陶	小菊，一切都過去了，妳現在不是一切都很好了。
小菊	（走過來，一手挽著簡陶，一手挽著艾凡）我親愛的Gay葛格，我有一個家了，我的肚子就是我跟孩子的家。我什麼都不要，什麼都不怕

了，我只有偶而想念你們，你們好滑稽，我愛你們那麼滑稽。

艾凡　　　我以為我們很嚴肅……

簡陶　　　小菊秋還是很了解我們，謝謝小菊，妳下輩子投胎做Gay好了。

小菊　　　哈哈哈，我才不要。再見，再見，再見。

（小菊拿起一根蠟燭走進暗處，吹熄。）

（艾凡也在黑暗中啜泣）

簡陶　　　（輕輕撫著艾凡的頭髮）不要難過，你好好活下去。我也要走了。

（燈光，音樂，場景轉換。）

藥·命
III

一個戴著花色面具的人

拿著巨大的水杯而上　攤開的另一手掌上

有一小堆白色的藥粒

他低下頭　咬住一兩粒　用水送服吞下

抬頭仰天而望　沉思半晌

再低頭咬住一兩粒　再用水送服吞下

仍然望著天際

重複這個動作

直到把手中的白色藥粒全部服下

班上來了個轉學生

中學

（江標和蘇小清之間的幾段戲，由江標敘述）

江標　　　　就像這學期開學之後的每一天下午，不到兩點我就發睏了。

好，那睡覺。我早就練就動也不動還能睡的本事，坐在那裡聲音聽不見了，當然嘛看不見，就睡啊……

怎麼有人過來把我搖醒？幹什麼！你欠揍……我還來不及發火，眼睛一睜開，這個小傢伙，哭得眼圈黑黑的清秀書呆子就站在我面前。

蘇小清　　老師要我坐這裡。

江標　　　　我把堆在他桌椅上的東西收一收，擼到我這邊；好啊，你坐。他坐下來好像在發抖，幹什麼呀？這下我睡意全消。草泥馬的我已經自己一個坐大位好幾年了，這個老師居然叫「新同學」坐我旁邊，不是都怕我把所有人帶壞嗎？

喂，你坐在我旁邊不怕被我帶壞？……你念哪裡的？幹了什麼事被退學？偷東西？跟人家

小妹妹生小孩？塗改成績單？還是公然侮辱師長？

蘇小清　　沒有，不是啦。

江標　　　那你幹了什麼？

（蘇小清突然全身發抖、痙攣，倒在地上。）

江標　　　啊！你幹嘛裝死啊？我又沒怎樣！

老師也嚇了一跳，大家七手八腳把他送去保健室。

報告主任，我只問他兩三句話，他就昏倒了。

是我不好，我留下來陪他。

這就是我們友誼的開始。不要亂想喔！純友誼。

他常常昏倒去保健室，我也不用上課啦！我也留在那裡，涼涼的順便睡午覺。

我跟這個傢伙相處得還不錯，他算滿好的，沒什麼書呆子怪癖，相處久了，也對我沒戒心了。

但是，他幹嘛要昏倒啊？

	喂，你怎麼搞的，小妞啊，怎麼動不動就昏倒？
蘇小清	我不是小妞，你不要叫我小妞。
江標	喔，發這麼大脾氣，不叫就不叫，喂，不要又裝昏倒喲。
蘇小清	不會。（停頓片刻）
	我昏倒不是裝的，是真的……
	但也可能是裝的，我看到周圍人太多，我就會天旋地轉。
江標	喔，這哪招啊？這麼方便！我還以為你是生什麼怪病咧，老師常把生怪病的都放我旁邊，上一個是腦麻的，腦性麻痺，你懂不懂？
蘇小清	沒啦，沒怪病啦……（很小聲）
江標	真的？
蘇小清	有也不會傳染給你。（更小聲）
江標	耶……奇怪了，有？還是沒有？
蘇小清	我頭好昏……好想吐。
江標	你今天已經昏倒過了。
蘇小清	我，我，那我死掉算了。
江標	蝦米啦！你是在講蝦米啦！拜託喔，講起話跟

「那個來」一樣，還是你懷孕了？你他媽真懷孕可不是我搞的喔，講什麼嘛，幹嘛又哭了……哎喲……碰到你真沒轍。你，就把話說出來，有什麼大不了的。蘇小清，我告訴你，真的沒什麼大不了的。

蘇小清　我想你並不了解我的痛苦。

江標　　（冷笑）哼，我想你也不了解我的痛苦。

　　　　（轉溫和的口氣）講講看嘛，我了解不了解，你講出來才知道。

蘇小清　（吐了一口大氣，決定說出）我長疱疹。

江標　　長疱疹……的痛苦？長哪裡？哪裡？是「那裡」長嗎？

蘇小清　不是，就身上，我是疱疹一直沒好，兩三個月，擦藥、吃藥、都不消退，醫生就給我驗血，驗出我有……

江標　　（聽不見）什麼？

　　　　（蘇小清拿出一張紙，寫「AIDS」。）

江標　　（念）A……壹，喔，I，D，S……

（好像不確定自己所看到的訊息是什麼意思）

蘇小清　　　我跟學長去一個Party，去了就嗑藥，他們就是像你這樣說，小妞，要不要吸一下？

　　　　　　（江標做出無奈，以及「我不可能這樣」的表情）

　　　　　　大家靠在一起，先有穿內褲，然後就沒穿內褲，然後「一起」，我對你做，你對他，他對我，然後到第二天下午才回家。

江標　　　　沒有套子？

蘇小清　　　沒有。

江標　　　　你怎麼發現？你怎麼知道你有？

蘇小清　　　我不知道，是醫生發現的。

江標　　　　哇，怪不得嚇成那樣子，所以你就轉學？

蘇小清　　　醫生追蹤病的來源，問我很多問題。我想來想去，就說了那個轟趴。結果，就慘了，辦轟趴的學長，還有其他幾個學校的，都追出來了，鬧很大。我爸媽就知道了，他們就瘋了，連我爸都哭了，說怎麼給他雙重打擊，說他對不起

在天上的阿公，跟把我當金孫命根的阿嬤。結果我阿嬤說，沒什麼，生病就醫嘛，醫好將來還是可以結婚。我爸就嚎得更大聲。我是我家三代唯一的男孩，家裡面都等我長大，生幾個兒子。好恨喔，我爸媽為什麼不自己再去生就好了，自己去傳宗接代。

江標　　　媽呀！國三就要去想傳宗接代？就沒人叫我傳宗接代，沒人理我。我輕鬆、你倒楣。那你這樣還可以生小孩嗎？

蘇小清　　我不要！我不要！（抱頭，無聲痛哭）

（江標酷酷的看著蘇小清，終於伸手按了按蘇小清的肩膀。）

江標　　　奇怪，我發現我滿喜歡這種歇斯底里的人，沒想到跟這個壞脾氣的書呆子竟然合得來。很難得他對我這種人沒意見，他對我沒意見，我對他也沒意見，反正，我罩他，你們大家都別惹他就是了，他沒有把病傳染給我，也不會傳給任何同學。

「一個人連學校都不敢去，不知道是什麼感覺？」蘇小清就是啊！他說那時候快得神經病了，新聞一上報，在家裡待不住，出門更可怕，他不敢走進學校，每個人看到他，樣子都很怪，盯著他看，作怪表情，或是看都不看他，好像他不存在。他數學理化好也沒用了，也只能家裡蹲，蹲在家裡陪他媽媽哭。寒假過後，他就轉到這間鄉下學校了。老師人還算好，升學率不怎麼好，「流浪動物收容所」，教會辦的學校啦！

（小轉場）
（蘇小清表情正常的寫功課，自己的寫完，把江標的作業本子拿過來寫了兩行，然後推醒他，叫江標自己抄，自己寫。）

江標   你今天有記得吃藥嗎？

蘇小清 吃過了。（把藥盒拿出來搖一搖，空的。）

江標   好睏，我昨晚又沒睡。我爸沒回來，我哥也沒回來，連我姐都沒回來。我一個晚上吃了三包

泡麵，快氣炸了。早上我出門的時候，看到我爸坐在外面，一定賭輸了，我正要閃，我哥回來了，我爸跳起來就從他頭上敲下去，「你還敢回來，家裡東西都被你偷光了！」我哥說不是他拿的，我爸就甩他耳光，我哥就坐在地上咬我爸的腿。

我哈哈哈指著他們大笑，但其實真的氣炸了，我頭也不回就走了。什麼東西嘛！每一個學校都說我「行為偏差」，我有什麼偏差？我每天回家睡覺，我沒賭博也沒偷東西，我只是不知道讀書要幹什麼，我不想寫作業。但我也很少打架，除非人家惹毛我，這個導師說我「行為偏差但是心地善良」，什麼鬼啊？

蘇小清	我覺得對耶，你心地善良。
江標	我只是不願意大欺小。
蘇小清	謝謝你。
江標	哎喲，受不了。
蘇小清	下個月就要考試了，你怎麼辦啊？
江標	抄你的啊。
蘇小清	你怎麼抄？你再看一兩科。我基測考得不錯，

　　　　　　　但不管怎麼樣，我想轉到北部去念。沒人認識
　　　　　　　我，平安過三年，等進了大學，就更沒人知道
　　　　　　　了。

江標　　　　　哇塞，不是好玩的，好啦。（把書從書包裡拿
　　　　　　　出來，倒抽一口涼氣）

　　　　　　　（蘇小清過來，幫江標把國文、史地抽出來）

蘇小清　　　　先念這個好了，你國文不錯，很會寫。英文呢
　　　　　　　跟大家差不多，有點爛，最後再碰數學好了。

江標　　　　　你一直都這麼認真……

　　　　　　　（蘇小清出奇的正經）

蘇小清　　　　不認真不行。

　　　　　　　（台上這兩個中學生用功一陣子之後，燈漸
　　　　　　　暗。場景轉換。）

藥・命
IV

一個戴著花色面具的人
拿著一個透明的雞尾酒杯上
裡面放著五顏六色的藥丸
面具人站在舞台中央
對著台上慢慢舉杯　向某人敬酒
然後對著另一邊敬酒
敬酒又敬酒之後
將杯子移近嘴巴　做輕啜輕吻的樣子
再繼續舉杯　對自己敬酒

愛情，好難

初晴

（某個協會工作間的一角，長方桌上堆滿了紙摺的黃色蓮花。年輕少婦阮氏阿香坐在那裡安靜地摺著，不時也整理著面前的一落一落。男子孟賓斜靠著不遠的牆邊，目不轉睛地看著阿香。像是在陪她，在等她，或者，就是站在那兒。）

阮氏阿香　　有點晚了，你怎麼還不回去？

孟賓　　　　不算晚，反正我沒事。

阮氏阿香　　你不要先去吃飯？

孟賓　　　　我又不餓。

阮氏阿香　　那你，……在這裡幹什麼？

孟賓　　　　看妳呀。看妳，摺——蓮——花——。

阮氏阿香　　不要看我了。

（兩人沉默半晌，孟賓還是目不轉睛看著阮氏阿香，過一會兒她抬頭看他一眼）

阮氏阿香　　那你過來幫我摺幾個好了。

孟賓　　　　摺幾個？只摺幾個啊——那我不會只摺幾個。

（孟賓拉張椅子坐在阿香身邊，熟練地摺起蓮

花，而且動作很快，一下子就摺了好多，放在面前幾落，阿香一面摺，一面看他，手中反而慢下來。）

阮氏阿香	孟賓，你怎麼會摺得這麼快，比女生還快。
孟賓	這已經夠慢了，我好久沒摺蓮花了。
阮氏阿香	你在哪裡學的啊？
孟賓	牢裡啊！

（阿香停下來，轉頭看著孟賓）

我告訴過妳，蹲過四年。我們牢房是有名的蓮花大士，也有人叫我們蓮花大隊。別的牢房作木工、土工、電工、車工……什麼工都有，我們蓮花大隊，不給我們用工具。工具危險，妳懂了吧。

阮氏阿香	怕你們打架？你們都是……
孟賓	我們都是H，驗出來有病都關在一起。不是怕我們打架。是怕我們拿去殺人，或是把工具藏起來殺自己。醫師寫「有自殺傾向」，嘿，每個

人單子上都他媽的這樣寫。說對了！我每天都在想怎麼死，嘿唷。

（回過頭來，看看阿香的眼睛）

現在不會了（正經地搖搖頭）
真的不會再這樣想了。幹什麼去死？

阮氏阿香　　我知道。（低下頭，摺得緩慢，一張蓮花翻過來翻過去，摺不完）

孟賓　　　　我來摺好了。（把她手中的拿過來摺好。又快速摺了一疊）

阮氏阿香　　你摺這樣快沒有用，要一面摺一面念佛，一面跟他說話。

孟賓　　　　規定這麼多？剛才怎沒聽見妳跟他說話？

阮氏阿香　　有啊，我有講。

孟賓　　　　到現在還在跟他講情話？

阮氏阿香　　不是情話！

孟賓　　　　是什麼？

阮氏阿香　　是我心裡的話。（她嚴正的說，他也轉為嚴肅聆聽）

我跟他說，他死了，我更要活，小孩還很小，
將來還要念書，沒有了爸爸，不能又沒有媽
媽。我跟他說，我現在不恨他了。

以前真的有點恨他。恨他為什麼生病？還說不
知道為什麼？明明是騙我，我每天哭，他也不
告訴我真話。那你為什麼要把病傳染給我？他
走了，什麼都不用管了，那我怎麼辦，我被車
子撞死好了。小孩才一歲半，想起來真不忍
心。我開始真的很恨他。我們本來很好，是他
追我很久我才肯嫁給他。來台灣一年就懷孕，
健康檢查才知道我「血液有問題」。我問他，
什麼叫做血液有問題？他就打他的臉。小孩生
下來，跟他長得好像，眉毛、眼睛，都一樣，
他很快樂。每天對我很好，他不會煮菜，還煮
給我吃。他還是生病了。住院。越住越長，沒
辦法了，只好把小孩送回去。我每天在醫院看
護他，沒有辦法帶小孩。

後來他牙齒都腫起來，整個臉，淋巴也腫，後
來知道有癌症，我也覺得他好可憐，娶了我，
有了家，有了兒子，卻要死了。

（她拭去臉上兩行清淚，維持冷靜。）

孟賓　　　　　妳不要又難過了。

阮氏阿香　　　我說不恨他了。但還是恨，也不知道恨誰，沒
　　　　　　　有一個人幫我，我心裡不平。我覺得我公婆不
　　　　　　　信任外國人，我聽他們說要把他的房子過戶給
　　　　　　　我先生大姐，不給我。他走了，他可憐。我還
　　　　　　　在這裡……我想我的小孩……

孟賓　　　　　幾歲了？

阮氏阿香　　　一歲半。

孟賓　　　　　一定很可愛。

阮氏阿香　　　真的很可愛。

孟賓　　　　　這些我幫妳摺好了。我送妳回去吧。

阮氏阿香　　　我有騎摩托車。

孟賓　　　　　那妳送我……

阮氏阿香　　　（微笑，但嘆了一口氣）出殯那天你不要來。

孟賓　　　　　修女不是交代了要我們去幫忙。

阮氏阿香　　　我婆婆會賴說你是我的男友。

孟賓　　　　　男的朋友，就說男的朋友。

阮氏阿香	不行。
孟賓	好,那我男扮女裝。（阿香破涕為笑）
	阿香妳不要怕。有問題一定會解決。
	不是要修法了嗎?妳可以留下來。很多人都會
	幫妳。
阮氏阿香	我知道,我心裡覺得有希望。我喜歡這裡,喜
	歡台灣,我不要再恨別人。

（兩人收拾東西並肩走出去）

（場景轉換。）

講電話的人

之三

喂，你們有做匿名篩檢嗎？

外縣市的人可以來做嗎？

哦，不限身分。

匿名，所以不用留任何資料吧？嗯。

要先填問卷，半個小時……唔……

只是問卷，沒有其他個人資料，嗯，嗯。

篩檢需要費用嗎？哦，一切免費。

那是現場知道檢驗結果嗎？

哦，你們是要等一個禮拜的，那是一個禮拜之
後再打電話過去問嗎？

哦，不能用電話問結果啊？要親自過去一趟？

為什麼？

為什麼一定要當面告知？電話不行？

諮詢健康？為什麼要諮詢健康？

不用了，我不要。

（講電話的人掛上電話，很不舒服的坐在那
裡）

講電話的人

之四

（再撥打一通電話）

請問你說的高危險行為是指……？

沒有，我沒有施打毒品，

固定性伴侶？……呃，不算固定……

不是不是，我不是同性戀，

嗯，那種地方，也不會常常去……有去過……

有，有用套子。不過……

不過，有比較年紀大的，不在意我們用不用套
子，所以……我想……會不會……

你要我趕快過去篩檢啊？

可是我跟你講了這麼久，問了這麼多，你會不
會把我記起來了？

那我就曝光了啊！

（停頓仔細聽）

我真的很怕曝光，我們這圈子人還算很少，大

部分的彼此都有聽過，我真的不能被人認出
來，我要是曝光了，就很難混了……

（停頓）

你保證不會啊？
嗯？每天諮詢電話很多，問的都很類似……
要記住不容易……
你馬上就會忘記我的聲音？（笑出聲）
你安慰我的吧？
你真的不是在安慰我？
那你要怎麼保證不會？

（男子從書桌後慢慢現身，他推著輪椅出來，
手裡仍拿著電話，輕鬆談笑……慢慢自推輪椅
離場）
（燈漸暗。）

藥・命
V

一個戴著花色面具的人
拿著一個透明的雞尾酒杯上
裡面放著滿杯五顏六色的藥丸
另一個戴著花色面具的人　拿著雞尾酒杯上
杯中只有1/3量的五顏六色藥丸
兩人互相舉杯敬酒
第三個戴著花色面具的人　拿著雞尾酒杯上
裡面只有一粒藥丸
三人舉杯敬酒　流露出滿意微笑

愛情，好難

明暗

（孟賓穿著類似管理員的制服外套，站在一個櫃檯或工具桌旁，不時翻翻冊子，又往前往後心不在焉的探看。）

（有人經過）

同事甲	喂，阿賓，還不下班？等誰啊？
孟賓	沒有，等下，等下就下班了。（對台邊搖手）
同事甲	那是誰？你女朋友？沒看過哩！不錯唷！
孟賓	噓——
同事甲	怪不得，你最近看起來……呵，鬍子刮得乾乾淨淨的——
孟賓	儀容是公司的要求，喂，不要亂說話！她聽了會生氣。
同事甲	唷，那掰掰！（擠擠眼睛，往前走）

（阮氏阿香笑眯眯地迎面走來，與同事甲擦身而過。）

孟賓	（對同事甲）明天見。（往前走兩步，對阮氏阿香）妳搭公車來的？我等了妳好久。
阮氏阿香	我在廚房做飯，順便給你帶。（指指手中的

包）

孟賓	不會給別人說話？
阮氏阿香	不會，他們以為我煮給自己帶回去的，老闆不會管，只要我每天去炒菜，炒菜炒一大堆，他都隨便我管廚房。
孟賓	妳老闆大概對妳有意思。
阮氏阿香	不會，你亂講，老闆是女的那個，男的那個也是她找來做工的，大家都只聽我們女老闆的。
孟賓	噢，真的，就那個女的？這麼厲害。
阮氏阿香	對啊，找到這個工作我很高興，給我這個機會我就放心了。
孟賓	累不累？站一整天？
阮氏阿香	不累，剛才坐公車有坐，你要不要先吃？
孟賓	好，那我們一起過去那邊，大家都下班了，沒人。

（他們移動到一處小桌，舒服地坐下）

| 阮氏阿香 | 我以後也要開店，一間賣炒菜的店，我現在會炒二十六種菜，我想差不多。不要做自助餐， |

	做賣麵、賣飯和炒菜，五、六張桌子就夠了，牆上就寫十幾種菜，就夠了。
孟賓	那要先找一個地方。
阮氏阿香	我每天走在路上都在看……不過不是現在，我還是先在這家做一兩年，再找別人合夥一兩年，不一樣的店，多學一點，自己再開不吃虧。反正現在我可以工作。
孟賓	看到妳笑，我真高興。
阮氏阿香	你累不累？有沒有記得吃藥？
孟賓	我OK的，看到妳更OK。（從袋中拿出藥盒）早上一粒、下午一粒，都吃了。我的小媽媽，我現在真的好乖喔。
阮氏阿香	（移動身子，坐到孟賓腿上）我愛你。我們的人生有未來。
孟賓	妳為什麼不跟我結婚？我們可以結婚。
阮氏阿香	現在太快。
孟賓	什麼太快？（摟緊她）都已經這樣子了，什麼太快？

（阮氏阿香輕輕站起來，輕輕撫著孟賓的臉）

阮氏阿香	我不知道為什麼，跟你在一起很實在，跟你戀愛很真實。你鼓勵我，我鼓勵你，我好像變得很年輕。
孟賓	妳本來就很年輕……
阮氏阿香	可是現在我，我覺得不一定要結婚。
孟賓	為什麼？
阮氏阿香	我不知道為什麼，你不要生氣，我每天想找你，跟你在一起比結婚還要好。結婚，好像，結婚好像很現實。
孟賓	我聽不懂。
阮氏阿香	這樣比較——浪漫——
孟賓	誰跟妳浪漫。
阮氏阿香	不要生氣。你要不要吃飯？（想幫他解開便當，孟賓按住她的手）
孟賓	我氣得飯都吃不下了。（握住她的手，然後又放開，輕輕撫過她的手心）妳做事很辛苦，可是不肯跟我結婚。是妳知道已經修法通過了，妳現在可以辦居留了，就準備把我一腳踢開。
阮氏阿香	（突然掩面痛哭）不是，不是，你不了解。結

	婚很現實，但現實也沒有用，我跟我先生——跟我前夫結婚就是，很現實，然後，又很沒用，他還是死了。
孟賓	不要這樣，妳這樣，好像是我害的。
阮氏阿香	不是你害的，但是，你要了解我的感受。
孟賓	我也要妳了解我的感受。我為了妳，什麼都做，我什麼規矩的事情都做，早起、早睡、節儉、認命。朋友找我，我不去，朋友拿「紅丸」、「白丸」出來，我一概抗拒。我不需要再回去心理輔導，阿香妳就是我的心理輔導。阿香妳不懂我嗎？不懂我的心嗎？
阮氏阿香	（靠著他，幫他擦眼淚，孟賓一直親她的手）我們，也許，過幾年，可以去結婚。現在，先不要……我有壓力。
孟賓	我這輩子只有妳了，妳知不知道？妳還有好多人，妳的孩子、妳的媽媽、妳的婆婆、還有妳的前夫。
阮氏阿香	賓，我愛你。
孟賓	我知道。
阮氏阿香	不要擔心，我愛你。

孟賓　　　　好。我們好慘。

阮氏阿香　　不會，不會。

　　　　　（他們輕輕擁抱在一起，輕輕搖晃，燈漸暗）

　　　　　（場景轉換。）

班上來了個轉學生

特殊學校

（實習老師和學生笛笛之間的戲，由實習老師開始敘述）

實習老師　　開學第一個禮拜我就注意到他了，這個男生長得很可愛，也很活潑，在教室裡跟其他同學大動作聊天，還表演模特兒走秀給大家看。因為我是來實習的，多半時間只是坐在教室後面，或是幫任課老師做做事，我還沒機會跟他互動。我特地看到他的名字在點名單上被畫了三個圈圈，下面註明：不上體育課。奇怪，為什麼不上體育？他看起來四肢健全，臉色紅紅白白的，很健康也很好動。我問了高三這班的指導老師，她馬上臉色大變：這學生是轉學來的，他有不可告人的病，妳最好不要問。我沒想到她會這樣回答我，我只好低下頭，裝作沒事寫東寫西，下課之後，有意無意去找這孩子聊天。

　　　　　　我的手語很菜，這孩子就放慢速度，一個字一個字地打手語，我更看不懂他的意思了，只好

寫在紙上，好累喔。

（笛笛以手語和口語跟老師對話。打手語時，老師看著笛笛的手語，同時用口語複誦。當他們拿紙筆輔助交談時，老師也會唸出來）

實習老師	（手語）你住哪裡？
笛笛	（口語）台中。
實習老師	（手語）現在哪裡？
笛笛	（口語）三重。
實習老師	（手語）跟父母一起？
笛笛	（筆談）父歿，母台中。我住朋友地方。
實習老師	（手語）你喜歡這個學校嗎？
笛笛	（手語）不喜歡。
實習老師	（手語）為什麼？
笛笛	（手語）地方很小，老師很兇。
實習老師	我對他的直率發笑了。（手語）我也很兇嗎？
笛笛	（手語）妳很漂亮。
實習老師	（手語）謝謝，我覺得你才漂亮。
笛笛	（手語）對，很多人都這樣說。

實習老師	真是天真的高三學生。（手語）你覺得功課很難嗎？
笛笛	（手語）都寫好了。
實習老師	我拿他的作業本一看，簡直亂寫，都畫滿了圖，沒有寫作業嘛！但他說老師很兇，我就什麼也沒說，把本子還給他了。他看我不再追問，就馬上跟我掰掰，跑回同學堆中，吹牛、打鬧。對這樣的孩子，我該提出自願加強輔導他嗎？他功課差這麼一大截，還有，他得了什麼不可告人的病呀？也許下次手語再進步一點再問他吧，我太好奇了。

但是，我沒有機會再跟他聊天，第三個禮拜他就不來上課了，他休學了嗎？他到哪裡去了？我不想再去招惹那位指導老師，在這個陌生的學校裡，每個人每天都很忙碌。不久之後，我也結束了實習的工作。

過了一年，我去市區一家大型的髮廊燙頭髮，一旁掃地的大男孩吸引我的目光，他一面掃一面抬起頭來對著鏡子擺pose，再看兩眼，這不是笛笛嗎？我對他招招手，他也認出我了，馬

上跳過來抱住我，還在我臉上親了一下，嚇了我一跳，髮廊老闆馬上過來罵他：「不要隨便抱人親人啦！跟你講過多少次了！」

「喔，沒關係，我是他以前學校的實習老師。」

「妳是他老師喔！好啦，你地掃一掃去陪你老師聊天好了，你喔！根本不會做事。」

實習老師　　（手語）笛笛，你怎麼休學了？

笛笛　　　　（手語）我畢業了，高三畢業了。

實習老師　　（手語）什麼？畢業？

笛笛　　　　（手語）我有畢業證書。

實習老師　　（筆談）可是你都沒去學校上課。

笛笛　　　　（筆談）校長跟我說不用去學校，在家裡自修就好。

實習老師　　（手語）為什麼？

笛笛　　　　（手語）我有愛滋病，（又把紙拿出來用寫的，讓老師看懂）。

（停頓）

笛笛	（手語）一開始只有體育不上，後來很多課，老師都不要我去，後來就不要去學校了。
實習老師	（手語）怕被你傳染？
笛笛	（慢慢打手語，老師以口語逐句轉述）他們說我在學校會跟人家做S，其實我不會，我不會在學校做S。家裡有請人寫信給教育局，說不上學待在家裡不好。
實習老師	（手語）結果呢？
笛笛	（手語加口語加筆談）沒有用，教育局說，我們學校沒人管得了，學生都在做愛，男的跟男的，男的跟女的，女的跟女的，老師也管不了，所以，把我關在家裡就好了。
實習老師	（手語）那你怎麼有畢業證書？
笛笛	（手語）他們說保證給我畢業證書……
實習老師	（驚訝）啊？？（笛笛點頭）

（實習老師沉默，笛笛也因為實習老師的面色凝重而安靜下來。）

實習老師	（手語）那你身體好不好？
笛笛	（手語）有吃藥，去醫院，沒有生病。
實習老師	（手語）那你想再上學嗎？
笛笛	（手語）我需要很多錢。
實習老師	（手語）那你有跟別人做嗎？

（笛笛點頭，微笑）

實習老師	（手語）你會傳染給別人嗎？
笛笛	（手語）不會。
實習老師	（拿紙筆寫）要用保險套。
笛笛	（手語）有。
實習老師	（手語）你沒騙我？
笛笛	（手語）沒有。
實習老師	（嘆氣）我不知道該跟你說什麼好……（手語）你自己保重。
笛笛	（手語）老師，不要生氣……
實習老師	（手語）老師不是生氣，老師幫不了你，學校幫不了你。
笛笛	（手語加口語加筆談）我知道。老師，我做S，

我上網，去三溫暖，妳覺得不好是嗎？不是我想亂，我需要跟人在一起，跟人有連結在一起，人跟人之間都沒有關係怎麼過下去？sex有連接，兩分鐘也好，十五分鐘也好，有關係的愛，妳不懂……老師，妳不懂。

實習老師　　　（長嘆）你自己多小心。

（笛笛慢慢往後退，漸漸轉化為模特兒的台步曼妙而去。）

實習老師　　　當我再去那家美容院，笛笛已經不在那裡打工了，我不知道他又去了什麼地方，我只是希望……我希望他不要被警察抓，我希望他不要忘記去看醫師，我希望他好好的活著。我希望……他從來沒有得愛滋病。

（實習老師孤單的站在台上，梳著自己的頭髮，梳了一遍又一遍。）

藥・命
VI

上段三個戴著花色面具的人跑步上

繞著舞台前進　後退

做各種健身運動

另一個戴白色面具的人上

他手中握著的雞尾酒杯裡放著一個塑膠袋

袋中是白色冰糖

他打開塑膠袋　拈出一小塊冰糖

放進口中　慢慢品嚐

露出陶醉的神情姿態

愛情，好難
終局

（孟賓與阮氏阿香同居一室，坐沙發或床上。）

阮氏阿香	我想回去越南把兒子接來。
孟賓	好啊，什麼時候？（稍停）妳不會不回來了吧。
阮氏阿香	（輕笑）不會。
孟賓	不行，我不讓妳回去。跟我辦結婚才准回去！
阮氏阿香	這麼傻。
孟賓	妳真的要回越南？
阮氏阿香	我要是跑掉你也沒辦法。本來想讓我媽媽帶麟麟來，一樣一個大人一個小孩的來回機票。
孟賓	現在是多少？
阮氏阿香	最少一萬六。小孩半票。我很想他們，想看到兄弟姊妹。想回去家裡，天天吃家裡做的飯。
孟賓	一定不會回來了。
阮氏阿香	會。我一定會。台灣才發藥，回到越南鄉下不會發藥給我的。
孟賓	妳不是為了我？（把她推開）

阮氏阿香	你今天怎麼搞的？一直跟我鬧。
孟賓	我……（嘆口氣）妳都沒有考慮到我，妳不愛 我了。
阮氏阿香	你真的怎麼搞的。（安撫）你對我這麼好，我 怎麼會不愛你。
孟賓	我陪妳回去好了，我可以再去幫人家洗車，存 三、四個月，可以買機票陪妳去。
阮氏阿香	你要陪我回家啊——看看我從小住的地方？我 很多弟弟，大概會喜歡你，他們不喜歡我以前 的先生，說他太老，個子太大，看起來很兇。 你看起來不兇，（講台語逗他開心）「你是足 緣投——」。
孟賓	阿香妳答應我，妳永遠跟我在一起。
阮氏阿香	我答應你。
孟賓	妳說——
阮氏阿香	我永遠。可是這次你不用跟我回去，真的，機 票很貴。
孟賓	還好啦！我會想辦法。
阮氏阿香	三、四個月做什麼工？錢不夠。回來之後還需 要生活費。

孟賓　　　這妳就別擔心了，我會照顧妳。

阮氏阿香　　孟賓你對我真好。（兩人深深擁抱）

（孟賓與阿香兩人互相餵菜、喝啤酒）

（手機鈴響）

阮氏阿香　　你的啦—

孟賓　　　誰啊？這麼晚？我不要接。（阿香順手接起來）

阮氏阿香　　喂？哦，請等一下。（搗住手機，取笑）是女的。

孟賓　　　（也笑一下，不以為意）喂，哦，怎麼樣（仔細聽）嗯……嗯……嗯。五十顆？真的假的，我沒有。開玩笑，什麼「馬上」要？還「牛上」咧，沒有。真的……嗯……嗯……（站起來靠近陽台去聽）我想想辦法。明天給妳電話。什麼？現在？妳不要過來，我沒有呀。妳來也沒用，什麼妳已經在樓下了，嘿！（故意大聲）我女朋友在。妳過來當然不方便。

（電鈴聲，急按好幾下，接著音效加強，鈴聲急促大作）

（燈光、音樂變化，轉場。）

（下段為孟賓的獨白。在他獨白同時，阮氏阿香慢慢站起身來，穿上一件一件襯衫外衣，穿了好多件。背著皮包，手中提一個簡易的藍白紅貨物袋。）

孟賓　　　　我聽到電鈴大作，就直覺的想把東西藏起來，可是我已經好幾個月沒碰了，藏什麼？有什麼好藏？就又沒藏。電鈴一直響，不知怎麼門就開了，四、五個便衣衝進來，把我壓在地上，到處翻，大衣口袋都摸遍了，摸出那三顆，就直接押走，判「勒戒」一個月。

阿香，阿香，妳一定要相信我，我沒有再用藥了。

哈哈哈哈哈……我的笑聲是不是比哭還難聽？我怎麼搞的？那幾顆我為什麼沒有吞下去？為什麼不吃掉算了還放在家裡？我不能解釋為什麼我要放在家裡，難道我是隨時準備著，等我

再犯癮的時機？還是，我其實相信自己不會被影響，可以不用藥也能繼續過下去？

我不能解釋，我什麼都不懂了。我更不懂為什麼都這麼久了，還有人要來暗算我？不是那個女的，她不算什麼，是有人叫她打電話的，一次要五十顆，一聽就知道有鬼了。以前我賣 300、400 一粒，哈哈哈，我「薄利多銷」得罪了人，以前沒幹掉我，現在出這個賤招來整我。

阿香走了，頭也不回的離開我了，我以為找個好女人，我也可以幸福的過下去。

我每天昏昏的過，變得更膽小了。不碰藥，不去死，什麼都不想做，連死都不想。

以前是不知道明天在哪裡，現在是知道明天就在那裡，但明天有什麼好？我想阿香，阿香永遠不會回來了。

（孟賓獨白進行中，阿香繞著孟賓慢慢的走，有時看他，有時看外面，最後站在舞台最前緣對著茫茫人海，念一封給孟賓的信）

阮氏阿香　　孟賓，我走了，我沒想到我會這樣離開，我沒
　　　　　　有想到我會第二次沒有家。你每次說要照顧我
　　　　　　跟麟麟，我都相信。我本來想去接了麟麟，把
　　　　　　他帶回來，要他叫你爸爸，我們三個人一起組
　　　　　　家庭，再辛苦也可以過下去。
　　　　　　未來，只要身體維持好，我們在台灣可以開一
　　　　　　家店，我們可以等孩子長大，我們可以活到
　　　　　　四十歲、五十歲，可以一起相依為命，老夫老
　　　　　　妻。我跟你在一起，覺得愛滋病不可怕，但是
　　　　　　其他事可怕。我想住台灣，台灣給我快樂，台
　　　　　　灣給我痛苦，台灣的生活太複雜。我十幾歲就
　　　　　　來台灣，我很倦。我以為我很勇敢，只要找到
　　　　　　誠心過日子的男人，我一定好好做他的妻子，
　　　　　　幫他照顧家庭，帶大小孩，一起賺錢。
　　　　　　麟麟他爸爸得了病，他傳染給我，他先死掉
　　　　　　了，我活下去，所以才認識了你，你年輕力
　　　　　　壯，你也活著。你是我看過最強壯的男人，但
　　　　　　是不知道你為什麼還是把自己打敗了。你說
　　　　　　你是冤枉的，這次也許是，但上次不是。那下

次？下次呢？是不是？

孟賓，這次我回去，不會再來了。讓別人笑我兩手空空，只多了一個孩子，還敢回越南。

你不要來找我，我怕看到你，雖然我也很想看到你，看到那個我心裡想的，在我們認識之前的你；你出社會之前，我離開越南之前。但，那是不可能的，那會是在哪裡？那又是什麼時候？光陰不會倒退，你和我單純的年紀，早就不見了。在這個世界上，我們的一切都太難了。

你懂我說的，在這世界上，我們的一切都太難了。

（燈光。音樂。場景轉換。）

藥・命
VII

五個戴白色面具的人以整齊的舞步
漫行而上　他們手中拿著雞尾酒杯
酒杯裡放著
白冰糖　紅豆丸　綠豆丸　巧克力糖粒
黑色粉圓
他們邊舞邊拈出杯中小粒品嚐
彼此擦身而過時
互敬一粒自己杯中的丸粒
一個戴著花色面具的人拉著另一個
戴著花色面具的人一起奔跑而上
漸以慢動作疲累地繞行於舞台
最後撞在一起
萎然以慢動作逐漸離開舞台

被單，縫不完

來了潘潘

簡陶	（輕輕撫著艾凡的頭髮）不要難過，你好好活下去。我也要走了。

（遠處傳來宏亮的聲音：「不要走，我來了！」）
（一個穿著女裝的男子匆忙而上）

艾凡	潘潘，你要嚇死我是不是？
簡陶	怪咧，你也來了？艾凡，我就警告過你，不要常常想我們，你想太多就糟了。你今天有吃藥嗎？嗨，潘潘，你太過分了，平常就這樣打扮嗎？
潘潘	對呀，誰像你啊，悶騷，穿得像個小男生，以為我不知道你要勾引誰。
簡陶	我不要跟你鬥嘴，活著的時候我們還吵得不夠兇嗎？
潘潘	我沒跟你吵呀，是——，你——好啦！不要說是你吃醋，就算是我吃醋好了。（開始哭起來） 簡陶，你死的時候我真的很難過，晚上抱著我的lover睡，就一直哭，我lover也哭了，我

知道他在想，如果我死了，他怎麼辦。

簡陶　　他白哭了，結果，他回家去跟老婆廝守了。

潘潘　　這樣也沒什麼不好啊，我成全他們。

艾凡　　潘潘，來了真好，我一直在想，你怎麼都沒來說一聲。這麼多年，你沒有出現過，不知道你過得好不好？送你走之後，我就大病了一場，又搬了家。你大概不知道我搬家。

潘潘　　我是不知道，不過，我現在不是來了嗎？艾凡，我來謝謝你，你那天還特地帶了把吉他去送我。

艾凡　　不只我去，住在花園路的人都去了。之前，一直在等出殯的消息，後來，知道你父母都不肯出面，我們才匆忙接手，我們一面唱聖詩，一面流淚。（唱）「上主是我的牧者……祂領我走過青草的地上，祂餵養我的靈魂……」

潘潘　　不要現在又哭了。聽到你們唱歌，我也流眼淚，我的肝、我的肺，好像都隱隱作痛。唉，說這些做什麼？現在沒有痛苦了，早就沒有痛苦了。我看到身邊放著一盒盒的相片，我的相片，是你們整理出來帶到火葬場燒給我的，我

三姐忍不住打開來看，她說，讓他下輩子投胎去做他想做的人吧！一面翻著相簿，還一直念，怎麼他拍這麼多相片？（輕笑）

我美啊，人家喜歡拍啊！（潘潘裝扮起來）你還記得這件？

艾凡　最佳主持人晚禮服？

簡陶　哎喲，受不了。

潘潘　對，你記得那件！我擅長主持，在安養院隔一陣子就要為他們辦晚會，讓長期住院的病患心情好。好呀，那就是我來啦！其他的那些「力道山」護佐當然不會主持，護理長也不肯表演，就靠我這個男護士啦！哇，我很會化妝，長禮服一穿，手執麥克風，翹起小指，另外這手風情萬種擺動，大家就開心！（以沙啞的聲音演唱）「夕陽一霎時間又向西，留下了晚霞更艷麗，晚風輕輕吹送到長堤，帶來了一陣清涼意……」

艾凡　我好羨慕你，我知道自己感染之後，穿衣服更保守了。

簡陶　我的天啊，無言以對。

潘潘	你就欣賞欣賞我嘛！（忘我地起舞弄姿）你記不記得那場在新竹辦的婚禮？也是我主持的。
	佳文跟阿德本來就是一對，思偉在小新住院的時候，對他很照顧，兩人就好了起來，他們先講的（用撒嬌的聲音）「神父，我們想結婚」（又繼續唱）「我倆手相攜，迎著晚風走長堤，說不盡柔情蜜意，看不完風光旖旎……」（回神接下去說）送阿茂哥走的那天，大家都穿得很整齊，有人說「好像要去婚禮啊」，我們心裡一緊，不敢說話，但回來後就一直談這個事。說了一兩個月耶，就去跟修女討論，修女體諒我們去日無多，我們自己也體諒自己的「去日無多」，修女幫我們寫信給白神父，請他來帶領祈禱，來給新人祝福。神父他真的來了！！啊，結果太感動了，當天小四跟BB手牽手站出來也說要結婚，他們一面擦眼淚，一面在身上、頭上戴花，因為他們沒有準備新郎和新郎的禮服。
艾凡	我不在，我為什麼不在？
潘潘	你去山上養病。你那時候跟我們有些疏遠，你

　　　　　　　　不覺得嗎？

艾凡　　　不是，我心裡亂了，我不知如何面對父母。

簡陶　　　誰都不曉得如何面對父母。

潘潘　　　唉，父母也可憐，不知如何面對我們這種得了
　　　　　愛滋病、同性戀、還堅持要跟男孩子在一起的
　　　　　兒子。

艾凡　　　我爸爸現在OK了。

潘潘　　　你很幸運。你活得比較久，我時間不夠，我給
　　　　　父母家人的時間不夠。只有我三姐「頓悟」，
　　　　　她半夜三更蹺家坐計程車來看我，一面哭得唏
　　　　　哩嘩啦，一面說，你猜她怎麼說？「即使你得
　　　　　了這個爛病，你也還是我的小弟。」（猛然聲
　　　　　淚俱下）

　　　　　這個三姐跟我最親，她很愛管我，高中的時
　　　　　候，很多女孩子喜歡我，連隔壁班的女生都寫
　　　　　信給我，我想，交交女朋友也好，結果三姐反
　　　　　而怕我花，叫我不要做出不軌的事，我就聽她
　　　　　的，我不跟女孩子出去，但還是同時暗戀著男
　　　　　同學。寫日記被姐姐拿去偷看了，我氣得離家
　　　　　出走，也是三姐哭著找我，要我馬上回家，她

要我不要講，怕我被父親打。唉，我爸媽年紀大，很難接受我，就算有一天他們能接受了，我也死了。

（三人沉默）

（簡陶拿起針線，在被單上縫起來……）

（潘潘站起來，悄聲的唱著那首歌的後段：「眼前彷彿只有我和你，只有我和你在一起，我們永遠身在圖畫裡，跟天邊晚霞鬥豔麗。」）

艾凡　　如果你現在還活著……（自言自語）如果我們能夠在同一個世界，我說不定，我想我也會愛上這個人。

潘潘　　（回頭盯著艾凡看，嫵媚地一笑）不要安慰我，我也愛得夠了，我只是沒想到自己會這麼快……

喔，不說了。那個婚禮呀……我們把所有的家具、床墊、椅子都移到小房間去，外面那間做禮堂，布置得金金粉粉，每個人都穿禮服、西

装、領帶，帥啊！連修女和女生們都穿改良式
旗袍，嚇死人，好端莊啊！

每個人都手牽手，好像整個禮堂都是一對一對
的同性戀，我主持，就站在神父旁邊，哈哈，
我跟白神父是一對。

艾凡　　　（站起來）像我這樣，拿著聖經，指揮大家唱
　　　　　聖歌。

潘潘　　　（表情馬上變得虔誠，唱）「上主是我的牧
　　　　　者，我永遠都不缺乏……」這是不是台灣歷史
　　　　　上第一個同性戀集團結婚啊？後來為了保護神
　　　　　父，我們對外口徑一致：「我們沒有舉行婚
　　　　　禮，只是請神父來為病人降福，在一起讀經、
　　　　　祈禱，是病友間的相互扶持。」好險，主教來
　　　　　調查的話，我們會害神父倒大楣。（又故意開
　　　　　起玩笑）我們會害神父還俗，那我就跟神父結
　　　　　婚！

艾凡　　　好，我再給你縫一件新娘禮服，純白的新娘禮
　　　　　服。（把被單取下，拿出一捲白紗，在被單上
　　　　　一針一線地縫綴起來）

簡陶　　　潘潘，我就不等看你穿新娘禮服了，艾凡，保

重，天快亮了。

潘潘　　　　喔，天快亮了，我們走吧。天，真的快亮了嗎？

你不介意跟我手牽手飛上天堂？嗯？

（天漸亮……）

（燭火漸熄……艾凡縫著愛滋被單的身影依稀可見。）

I

一個戴著花色面具的人，虛弱搖晃而上，手中拿著一杯清水，另一隻手的手掌慢慢攤開，手掌是空的。

面具人走過舞台，全身疲憊，手掌張開往前延伸，再折回，踱步繞圈，帶著輕微壓抑的咳嗽，下台前在台邊更為壓抑地猛咳一陣。

II

一個戴著花色面具的人，拿著一杯清水慢慢走上，另一手拈著一粒藥丸，放進嘴裡，他仰起頭，喝水服送。接著，再從袋中找出一粒藥丸，送進嘴裡，喝水服送。如此反覆十次左右。

Ⅲ

一個戴著花色面具的人，拿著巨大的水杯而上，攤開的另一
手掌上，有一小堆白色的藥粒。他低下頭，咬住一兩粒，用
水送服吞下。抬頭仰天而望，沉思半晌，再低頭咬住一兩
粒，再用水送服吞下，仍然望著天際。重複這個動作，直到
把手中的白色藥粒全部服下。

Ⅳ

一個戴著花色面具的人，拿著一個透明的雞尾酒杯上，裡面
放著五顏六色的藥丸。面具人站在舞台中央，對著台上慢慢
舉杯，向某人敬酒，然後對著另一邊敬酒，敬酒又敬酒之
後，將杯子移近嘴巴，做輕啜輕吻的樣子，再繼續舉杯，對
自己敬酒。

V

一個戴著花色面具的人，拿著一個透明的雞尾酒杯上，裡面放著滿杯五顏六色的藥丸。

另一個戴著花色面具的人，拿著雞尾酒杯上，杯中只有1/3量的五顏六色藥丸，兩人互相舉杯敬酒。

第三個戴著花色面具的人，拿著雞尾酒杯上，裡面只有一粒藥丸，三人舉杯敬酒，流露出滿意微笑。

VI

上段三個戴著花色面具的人跑步上，繞著舞台前進、後退，做各種健身運動。

另一個戴白色面具的人上，他手中握著的雞尾酒杯裡放著一個塑膠袋，袋中是白色冰糖。他打開塑膠袋，拈出一小塊冰糖，放進口中，慢慢品嚐，露出陶醉的神情姿態。

VII

五個戴白色面具的人以整齊的舞步，漫行而上，他們手中拿著雞尾酒杯，酒杯裡放著，白冰糖、紅豆丸、綠豆丸、巧克力糖粒和黑色粉圓。他們邊舞邊拈出杯中小粒品嚐，彼此擦身而過時，互敬一粒自己杯中的丸粒。

一個戴著花色面具的人拉著另一個戴著花色面具的人一起奔跑而上，漸以慢動作疲累地繞行於舞台，最後撞在一起，萎然以慢動作逐漸離開舞台。

（全劇終）

國家圖書館出版品預行編目(CIP) 資料

青春悲懷：台灣愛滋戰場紀實戲劇 / 汪其楣著.
-- 二版. -- 臺北市：文訊雜誌社, 2018.02
　　面；　公分. --（文訊叢刊；40）

　　ISBN 978-986-6102-35-6(平裝)

854.6　　　　　　　　　　　　　　107002420

文訊叢刊40
青春悲懷──台灣愛滋戰場紀實戲劇

作　者　汪其楣
總編輯　封德屏
編　輯　杜秀卿
校　對　汪其楣・杜秀卿・徐誌遠
封面設計　吳欣瑋

出　版　文訊雜誌社
　　　　　地址：10048台北市中山南路11號B2
　　　　　電話：02-23433142　　傳真：02-23946103
　　　　　電子信箱：wenhsun7@ms19.hinet.net
　　　　　網址：http://www.wenhsun.com.tw
　　　　　郵撥：12106756 文訊雜誌社

印　刷　松霖彩色印刷公司
發　行　聯合發行股份有限公司
初　版　2016年9月
二　版　2018年2月
定　價　200元
ＩＳＢＮ　978-986-6102-35-6